牧水かるた百首鑑賞

伊藤一彦 著

命《いのち》の砕片《さいへん》

改訂新版

日向市東郷町若山牧水顕彰会

あいさつ

日向市東郷町若山牧水顕彰会
会長　那　須　文　美

国民的歌人若山牧水全歌集七千余首の中から二年余りかけて選んだ代表歌百首による「牧水かるた」は、計画から三年後の昭和四十九年に完成。爾来《じらい》平成三十年で四十七年になりました。

又、著者伊藤一彦先生によります牧水かるた解説書「命の砕片〝牧水かるた百首鑑賞〟」発刊から十七年を経過しました。

そこで牧水没九十年を機に、多忙極まる伊藤先生にご協力を頂き、更に内容を充実した改編の「命の砕片〝牧水かるた百首鑑賞〟」を発刊することになりました。

牧水かるたによって児童・生徒の情操を培うと共に、牧水の秀歌鑑賞書として、全国の多くの牧水ファンに親しまれる事を心から願うものであります。

「牧水かるた」について

日向市東郷町若山牧水顕彰会

一、「牧水かるた」作成の提案

昭和四十六年（一九七一）一月、東郷町新春懇談会で小野弘町長の「もっと青少年に豊かな情操を培う必要があるだろう」という発言に対して、東郷中学校長矢野一弥氏から「児童・生徒の健全育成、余暇の活用という視点から郷土の歌人若山牧水の歌から選んで『牧水かるた』を作成してはどうか」という提案があり、賛同が得られました。

二、百首の選歌と「牧水かるた」の制作

教育長の髙森文夫氏は、まず牧水研究家の塩月儀市氏に選歌を依頼しました。塩月氏は約七千首の中から百四十首を選んで教育長に答申しました。

髙森教育長は、塩月氏ほか町内の方若干名と県内の歌人数名の方に、百四十首の中から百首の選歌を依頼しました。それぞれの方が選ばれたのを整理して百二十首とし、これを牧水の高弟で牧水研究家の大悟法利雄氏に選歌を依頼しました。大悟法氏は塩月氏の選歌より六十首を選定、そして新たに二十首を選びました。大悟法氏の八十首に、髙森教育長と塩月氏が二十首を選んで百首としました。

以上の経過で昭和四十七年に百首が選定され、牧水かるた百首一覧が作成されました。現在使用の「牧水かるた」が制作されたのは昭和四十九年四月（東郷町若山牧水顕彰会が制作）で、同年十二月から発売も始めました。

三、牧水かるた大会の開催

昭和四十七年四月、東郷町立坪谷中学校に赴任した河野泰廣教諭は、選定された牧水の歌一覧表によって百首（ボール紙使用）の「牧水かるた」を作成して生徒に指導しました。また生徒の読み手のために、朗詠しやすいように節まわしをつけました。この節まわしは、当時の民謡家・塩月景幸氏の牧水朗詠の曲を短縮したものです。

坪谷中学校で「牧水かるた」取りが始まり、昭和四十九年元旦、ＮＨＫ宮崎放送局によって坪谷中学校生徒による「牧水かるた」が紹介されました。

昭和四十九年十月、坪谷中学校を会場に東郷中学校、坪谷中学校の生徒が参加して、第一回町内中学校「牧水かるた大会」が開催されました。この大会は第二回大会まで行われました。

昭和五十一年（一九七六）一月、東郷町若山牧水顕彰会主催による第一回大会が町内の小、中学校を対象に開催されました。その後、大会は日向市と東郷町が合併された現在も引き継がれ、チーム対抗戦及び個人の部で熱戦が繰り広げられています。

※文中の組織名・役職名は当時のままを掲載しています。

目次

□凡　例

本書は「牧水かるた」に使用されている歌の鑑賞本である。

・歌およびルビの表記は大悟法利雄編集『若山牧水全歌集』（短歌新聞社）を底本とし、漢字は新字体に改めている。
・歌集収録後に改作された歌は、改作後の表記を採用している。
・『海の声』『独り歌へる』のうち、『別離』に再録されたものについては、『別離』の表記を採用している。

牧水かるた百首鑑賞

白鳥《しらとり》は哀《かな》しからずや空の青
海のあをにも染まずただよふ

しらとりは　かなしからずや　そらのあお　うみのあおにも　そまずただよう

『海の声』『別離』

〔歌の意味〕白い鳥はかなしくないだろうか。空の色にも海の色にも染まらないで一面の青色のなかをひとり白くただよっている。

〔歌の鑑賞〕まわりはすべて青色なのにひとり白い鳥の姿に牧水は孤独のかなしみを感じている。牧水も自分の中に青春の孤独の心をもっていたからである。ただ、暗い孤独ではない。歌の調べは澄んでいて明るい。人を信じられない孤独ではなく、自分の生き方をつらぬこうとする思いを表したものだからだろう。文学に生きることを決心した早稲田大学四年の明治四十年十二月の作。

母恋《こひ》しかかるゆふべのふるさとの
桜咲くらむ山の姿よ

ははこいし　かかるゆうべの　ふるさとの　さくらさくらん　やまのすがたよ

『海の声』『別離』

〔歌の意味〕母が恋しい。こんな日の夕方は桜の花がきっと美しく咲いているふるさとの山の姿が思われるのだ。

〔歌の鑑賞〕早稲田大学三年の明治四十年二月に、東京でふるさとの母を恋しく思って歌った作である。牧水は一生ずっと母を愛した。ペンネームの牧水の「牧《ぼく》」は母の名前の「マキ」から思いついたものである。寂しく、つらいときに母を心に思い浮かべるのは、人の心の常《つね》であろう。優しい母と美しい桜が重なりあって一つのものとして思われているのが印象に残る。

父母《ちちはは》よ神にも似たるこしかたに思ひ出ありや山ざくら花

ちちははよ　かみにもにたる　こしかたに　おもいでありや　やまざくらばな

『海の声』『別離』

〔歌の意味〕父よ、母よ。神さまにも似たこれまでの二人の清い過去《すぎゆき》にどんな思い出をもっているだろうか。山桜の美しいふるさとで。

〔歌の鑑賞〕明治四十年二月に、ふるさとの両親を思って歌った作である。ある不思議な出会いで結ばれた父と母。清い生き方をしてきた父と母はいま年老いてどんな思い出をもっているだろうか、と父母の心を優しく思いやっている。敬う父母をもっていた牧水は幸福だった。

日向《ひうが》の国《くに》むら立つ山のひと山に
住む母恋し秋晴《あきばれ》の日や

『海の声』『別離』

ひゅうがのくに　むらたつやまの　ひとやまに　すむははこいし　あきばれのひや

〔歌の意味〕日向の国に群がり立っている山のそのひと山に住んでいる母が恋しい。こんな秋晴れの日はふるさとの美しい空や山が、そして母がしきりに思われる。

〔歌の鑑賞〕早稲田大学三年の明治三十九年十一月に、ふるさとの母を恋しく思って歌った作である。「日向の国」とふるさとの地名をあげて歌い出し「むら立つ山のひと山」の表現で遠いふるさとをありありとイメージしている。結句の「秋晴の日」は一首を澄んだ抒情にしている。

水《みづ》の音《ね》に似て啼く鳥よ山ざくら
松にまじれる深山《みやま》の昼を

みずのねに　にてなくとりよ　やまざくら　まつにまじれる　みやまのひるを

『海の声』『別離』

〔歌の意味〕清い水の流れる音に似て鳴いている鳥がいる。緑色の松の木のなかに山ざくらが白く花を咲かせている、奥深い山の昼の時間に。

〔歌の鑑賞〕早稲田大学三年の明治三十九年五月の作である。澄んだ鳥の声に対する「水の音に似て」という表現は、水を深く愛した牧水にとって最高の愛情の表現だったに違いない。詩人の大岡信氏は水、音、鳥、山桜、松、深山と牧水が終生愛したものを詠みこんでいると指摘している。

行きつくせば浪青やかにうねりゐぬ
山ざくらなど咲きそめし町

『海の声』『別離』

ゆきつくせば　なみあおやかに　うねりいぬ　やまざくらなど　さきそめしまち

〔歌の意味〕山国の坪谷を出て、耳川を船で下り、美々津に着いたら、海の波が青々とうねっていた。山ざくらなどが美しく咲き始めていた町だった。

〔歌の鑑賞〕早稲田大学三年の明治四十年二月の作である。ふるさとのある時の思い出を歌ったものであろう。山国で育った牧水にとって海はあこがれの対象であった。結句の「咲きそめし」は咲き始めたという意味であるが、暖かい海岸部から山ざくらは咲き始める。坪谷ではまだ開いていない山ざくらが美々津では開きかけていたのだろう。

雲ふたつ合はむとしては
また遠く分《わか》れて消えぬ春の青ぞら

くもふたつ　あわんとしては　またとおく　わかれてきえぬ　はるのあおぞら

『海の声』『別離』

〔歌の意味〕明るくうららかな春の青い空をながめていたら、二つの雲が一つになろうとして近づいたが、また遠く別れてゆき消えてしまった。

〔歌の鑑賞〕明治四十年二月の作である。春の空の雲の静かな動きをあざやかにとらえている。牧水が若くして高い表現力をもっていたことが分かる。第二句と第四句で切れるいわゆる五七調の調べもうるおいがある。雲を歌って単に雲のことでなかったかも知れない。

地《つち》ふめど草鞋《わらぢ》声なし山ざくら
咲きなむとする山の静けさ

つちふめど　わらじこえなし　やまざくら　さきなんとする　やまのしずけさ

『海の声』『別離』

〔歌の意味〕土を踏んで歩いても草鞋は声を出さず静かである。山ざくらのつぼみもふくらんでこれから咲くだろう山の何という静かさ。

〔歌の鑑賞〕早稲田大学四年の明治四十年春に、東京の八王子市の高尾山に登って歌った作である。高尾山は新緑や紅葉の美しさで知られる。標高は約六百メートル。山の中を一人で歩いている静かさがしみじみと伝わる。「草鞋声なし」の擬人法の表現も牧水らしい自然さでいい。

けふもまたこころの鉦《かね》をうち鳴《なら》し
うち鳴しつつあくがれて行く

『海の声』『別離』

きょうもまた　こころのかねを　うちならし　うちならしつつ　あくがれてゆく

〔歌の意味〕今日もまた、巡礼者が鉦《かね》を鳴らすように、私もこころの鉦を鳴らし鳴らししながら、どこまでもあこがれの旅を続けている。

〔歌の鑑賞〕早稲田大学四年の明治四十年の夏休みに、牧水は初めて旅らしい旅を体験した。東京を発って友人と京都に行き、それからは一人で岡山・広島など中国地方を旅し、九州に入っても耶馬渓などで遊んでいる。この歌は中国地方での作で、旅の心を美しい調べで鮮やかに歌っている。「あくがれ」の語は牧水を理解する重要なキーワードである。

幾山河《いくやまかは》越えさり行かば
寂しさのはてなむ国ぞ今日《けふ》も旅ゆく

『海の声』『別離』

いくやまかわ　こえさりゆかば　さびしさの　はてなんくにぞ　きょうもたびゆく

〔歌の意味〕どれだけの山や河を越え続けて行ったら、寂しさのなくなる国だろうか。そう思いながら、今日も旅を続けている。

〔歌の鑑賞〕大学四年の夏休みに中国地方を旅しての作である。岡山県哲西町で歌われた。五七調のこの一首を声に出して読むと、寂しさのはてる国などなくてもよいというほどの若々しい心が伝わってくる。旅また人生を歌った牧水の代表作として知られる。カール・ブッセの詩「山のあなたの空遠く、幸すむと人のいふ」の影響があるとも言われる。

檳榔樹《びらうじゅ》の古樹《ふるき》を想へその葉蔭《はかげ》
海見て石に似る男をも

『海の声』『別離』

びろうじゅの　ふるきをおもえ　そのはかげ　うみみていしに　にるおとこをも

〔歌の意味〕檳榔樹《びろうじゅ》の古い大きな樹を思って下さい。そして、その樹の葉蔭で海を見ながら、あなたのことを胸にして石にも似て動かない男のことも一緒に。

〔歌の鑑賞〕大学四年の夏休みに帰省している時の作である。「日向の青島より人へ」の詞書がある。「人」とはこの年の初めごろに知りあった小枝子という女性である。恋ごころをはっきりと伝えている。五年間の激しい恋愛がこれから始まる。この恋愛に苦しみ悩むことで牧水は人間的成長を大きくとげた。

日向の国都井《とゐ》の岬《みさき》の青潮に
入りゆく端《はな》に独り海見る

ひゅうがのくに　といのみさきの　あおしおに　いりゆくはなに　ひとりうみみる

『海の声』『別離』

〔歌の意味〕日向の国の南にある都井の岬が、打ち寄せてくる青潮の中に入りこんでゆくその先端で、独り海の声を聴いている。

〔歌の鑑賞〕大学四年の夏休みに帰省している時に、当時無医村であった都井に診療に行っている父を訪れて歌った。岬が青潮に入ってゆくという動的な捉え方が印象に残る。牧水は岬を愛した。それは岬を単に受け身に波に打たれるところと考えなかったからである。なお、『海の声』では「海聴く」であるが、後に「海見る」に改められた。

船はてて上《のぼ》れる国は満天《まんてん》の星くづのなかに山匂ひ立つ

『海の声』『別離』

ふねはてて　のぼれるくには　まんてんの　ほしくずのなかに　やまにおいたつ

〔歌の意味〕船が港に着いて上陸したところは、満天の星の散らばった下に、姿美しく山が立っている。

〔歌の鑑賞〕大学四年の夏休みに県南を訪れた時に油津で歌った作である。細島港から船に乗り、油津港に着いた時はもう夜になっていたのだろう。「船はてて」にはようやく船が着いたという感じが出ている。初めて訪れた県南の地の感動が伝わる美しい場面の歌である。

夕さればいつしか雲は降《くだ》り来て
峯《みね》に寝《ぬ》るなり日向高千穂《ひゅうがたかちほ》

ゆうされば　いつしかくもは　くだりきて　みねにぬるなり　ひゅうがたかちほ

『海の声』『別離』

〔歌の意味〕夕方になると、いつのまにか天の雲がくだってきて峯の上に寝るように横たわっている。ここ日向の高千穂は山深いところだ。

〔歌の鑑賞〕宮崎県西臼杵郡の高千穂町を歌った作である。同じ作を収めた『海の声』では結句が「山ふかき国」になっている。「峯に寝る」という言い方は擬人法であり、雲に対する親しさの気持ちの表れである。この歌は大学四年の作であるが、牧水が初めて高千穂を訪ねたのは、延岡中学四年の修学旅行の時である。その時の作文が残っている。

粉河寺《こかはでら》遍路《へんろ》の衆のうち鳴らす
鉦鉦きこゆ秋の樹の間に

『海の声』『別離』

こかわでら　へんろのしゅうの　うちならす　かねがねきこゆ　あきのこのまに

〔歌の意味〕和歌山県の粉河寺は、お遍路さんたちの鳴らす鉦《かね》の音が聞こえてくる。秋の樹々の間に。

〔歌の鑑賞〕大学四年の夏休みを終えて上京することになった牧水は、途中で大阪、和歌山、奈良などに遊んでいる。これはその和歌山での作。遍路とは霊場を巡拝してまわる人々である。「けふもまたこころの鉦《かね》をうち鳴《なら》しうち鳴しつつあくがれて行く」と歌っている牧水だ。同じく旅人であるお遍路さんたちに親しい気持ちを抱いたはずである。

いざ行《ゆ》かむ行きてまだ見ぬ山を見む
このさびしさに君は耐《た》ふるや

『独り歌へる』『別離』

いざゆかん　ゆきてまだみぬ　やまをみん　このさびしさに　きみはたうるや

〔歌の意味〕さあ、行こう。まだ見ていない山を見に行こう。そうでもしなければ寂しさに耐えられない。君は耐えられるか。

〔歌の鑑賞〕大学卒業の近い明治四十一年夏の作品である。牧水はこのころ激しい恋愛をしており、相手の女性に書き送るつもりだった一首である。手紙を自ら破ってしまったので、送られずに終わったのだが。恋愛は大きな喜びを与える。一方、寂しさと苦しさも強く経験せずにはいられない。この時期の牧水がそうだった。

あめつちにわが残《のこ》し行くあしあとのひとつづつぞと歌を寂《さ》びしむ

『独り歌へる』『別離』

あめつちに　わがのこしゆく　あしあとの　ひとつずつぞと　うたをさびしむ

〔歌の意味〕この広い天地に自分が踏みしめて残していく足あとの一つ一つとして、歌を寂しく思っている。

〔歌の鑑賞〕十七歳から牧水は歌を作り始めた。その牧水にとって歌とは何だったたか。「あめつちにわが残し行くあしあと」だと言っている。『独り歌へる』の自序には「我に帰つてしめやかに打解けて何等憚《はばか》る所なく我と逢ひ我と語る時は、実に誠心こめて歌を咏《よ》んで居る時のみである、その時に於て私は天地の間に僅かに我が影を発見する」と記している。

吾《われ》木《も》香《かう》すすきかるかや秋くさのさびしききはみ君におくらむ

『別離』

われもこう　すすきかるかや　あきくさの　さびしききわみ　きみにおくらん

〔歌の意味〕吾木香、すすき、かるかや。秋くさの中でも花らしい花をもたない、最も寂しいこれらを君に贈ろう。

〔歌の鑑賞〕作られた時期ははっきりしない。明治四十三年出版の『別離』編集時に新たに入れたものと思われる。『別離』は先に出版の『海の声』『独り歌へる』を合わせ、それに新作を加えた内容になっているが、タイトルの「別離」は恋人との別れを意味している。この歌もいかにも寂しい恋の歌である。

山ねむる山のふもとに海ねむるかなしき春の国を旅ゆく

『別離』

やまねむる　やまのふもとに　うみねむる　かなしきはるの　くにをたびゆく

〔歌の意味〕山もねむっている。山のふもとの海もねむっている。そんな静かすぎるような春の日を悲しみを抱いて旅している。

〔歌の鑑賞〕『別離』編集時に新たに入れられた作であるが、作られたのは二年前の明治四十一年である。『別離』中の連作では「恋ふる子等《こら》かなしき旅に出づる日の船をかこみて海鳥《うみどり》の啼く」に続いて置かれており、恋人同士の二人で海の旅をしている場面が右の歌ということになる。ゆったりとして、しかもしみじみとした調べが印象に残る。

ふるさとのお秀《ひで》が墓に草枯《くさか》れむ海にむかへる彼《か》の岡《をか》の上《へ》に

『別離』

ふるさとの　おひでがはかに　くさかれん　うみにむかえる　かのおかのえに

〔歌の意味〕ふるさとのお秀さんの墓に寂しく草が枯れているだろう。広い海にむかっているあの岡の上で。

〔歌の鑑賞〕お秀さんとは日高秀子のことである。細島の船問屋の娘で、東京の日本女子大学に通っていた才女であった。ともに東京にいて牧水は友人として付きあったが、彼女は事情があって東京を去らねばならなくなり、故郷に帰る途中で世を去った。明治四十年十一月のことである。この歌は三年忌を迎えるお秀さんの墓をはるか東京から思っている明治四十二年秋の作である。

『別離』

春《はる》白昼《まひる》ここの港に寄りもせず
岬を過ぎて行く船のあり

はるまひる　ここのみなとに　よりもせず　みさきをすぎて　ゆくふねのあり

〔歌の意味〕春の真昼に、私の立っているここの岬に寄ることもしないで、むこうの岬を過ぎて行く船がある。

〔歌の鑑賞〕明治四十三年一月に神奈川県の三浦半島に出かけた時の作である。ここの港に寄ってくれれば自分も船に乗って旅をするのにという思いだろうか。あるいは『別離』約一千首の最後の歌であることを考えれば、恋愛を含めて一切の過去の象徴として牧水がこの船を見ていたという解釈も成り立つ。

海底《うなぞこ》に眼《め》のなき魚の棲《す》むといふ
眼の無き魚の恋しかりけり

うなぞこに　めのなきうおの　すむという　めのなきうおの　こいしかりけり

『路上』

〔歌の意味〕海の底の暗闇の中に眼のない魚が棲んでいるという。そんな何も見えない魚を恋しく思う。

〔歌の鑑賞〕この歌を作った明治四十三年の初めごろ、牧水は恋人との問題を中心に大きな悩みをかかえていた。過去と絶縁したいと思いながら、そうできない自分はもう現実のすべてに対し眼をつぶっていたいという、非常な苦しみの気持ちを表現している。深い海の底の「眼のなき魚」の比喩が読者の心に深い印象を与える。

光無きいのちの在《あ》りてあめつちに生くといふことのいかに寂《さび》しき

『路上』

ひかりなき　いのちのありて　あめつちに　いくということの　いかにさびしき

〔歌の意味〕光のないいのちがあって、この天地《あめつち》に生きるということはどんなに寂しいことだろう。今の私がそうである。

〔歌の鑑賞〕『路上』の巻頭を飾っている「海底《うなぞこ》に眼《め》のなき魚の棲《す》むといふ眼の無き魚の恋しかりけり」と同じ時期の作である。内容も似かよっている。暗闇の中に何も見ずうずくまっている魚に対する恋しさ、それは自分も光を失った存在だということであろう。絶望的な寂しさを噛みしめながら歌っている作である。

ふるさとは山のおくなる山なりき
うら若き母の乳にすがりき

『路上』

ふるさとは　やまのおくなる　やまなりき　うらわかきははの　ちちにすがりき

〔歌の意味〕ふるさとは山の奥のまた山の中である。そこでうら若い母の乳にすがりながら私は育った。

〔歌の鑑賞〕東京で苦しい生活をしていた明治四十三年春のころに、なつかしいふるさとを思い、自分を育ててくれた母を思っている作である。苦しい時に故郷や母を思い浮かべることは人の心の常であろう。牧水は心にすがるものが欲しくてこのように歌ったはずである。

おもひやるかのうす青き峡《かひ》のおくに
われのうまれし朝のさびしさ

『路上』

おもいやる　かのうすあおき　かいのおくに　われのうまれし　あさのさびしさ

〔歌の意味〕私は思いをはせる。あの山と山との間のうす青い峡の奥の家に自分の生まれた日の朝のさびしさ。

〔歌の鑑賞〕牧水は八月二十四日の早朝に生まれた。生まれた場所は朝日の射している縁側である。姉たちが掃除や朝食の支度に忙しい時に、生家の東側の縁側に座っていた母が急に産気づいて「ことんと音をさせて」生んだという。祖父も父も留守だったらしい。牧水の「おもひでの記」にこのように記されている。明治四十三年春ころの作。

摘草のにほひ残れるゆびさきを
あらひて居れば野に月の出づ

『路上』

つみくさの　においのこれる　ゆびさきを　あらいておれば　のにつきのいず

〔歌の意味〕草を摘んだ指さきを洗っていたら、いつのまにか野原に大きな月が出ていた。

〔歌の鑑賞〕「摘草《つみくさ》」とは春の野に出て、若菜や草花を摘むことである。悩みの中にあった牧水は或る日、歩きまわっているうちに、野原に迷いこんだ。そこで気がついたら蓬《よもぎ》を摘んでいたのである。幼い日にそうしたように。そして、土に汚れた指先を洗っていたら、幼い日と同じように丸い大きな月が出ていた。しばし悩みを忘れたひとときだった。明治四十三年の春の作。

山山のせまりしあひに流れたる
河といふものの寂しくあるかな

『路上』

やまやまの　せまりしあいに　ながれたる　かわというものの　さびしくあるかな

〔歌の意味〕山と山の重なりにあって狭まったところを流れる河というものは、本当に寂しいものだなあ。

〔歌の鑑賞〕明治四十三年六月に山梨県を旅した時の作。この歌については牧水自身が記している。「眼の前に山はまことに暗く重く、行くともない河の流は夕空の余光を宿して鏡のやうに光つてゐた。物音も無い斯ういふ境地に立つてゐると自分一人この宇宙の間に生きてゐる様な寂しい物々しい感じに襲はれ……」（『牧水歌話』）。

かたはらに秋ぐさの花かたるらく
ほろびしものはなつかしきかな

『路上』

かたわらに　あきぐさのはな　かたるらく　ほろびしものは　なつかしきかな

〔歌の意味〕私の耳のそばで秋ぐさの花が語りかける。ほろんでしまったものはなつかしいね、と。

〔歌の鑑賞〕明治四十三年秋に長野県を旅し、小諸《こもろ》懐古園で歌った作。秋ぐさの花が「かたはら」で語るというから、牧水は草の上に横になっているのに違いない。花に話しかけたり、花の声を聞いたりするのは牧水の得意とするところだった。「ほろびしもの」とは恋人との間に育てていた純愛かも知れない。

白玉《しらたま》の歯にしみとほる秋の夜の酒はしづかに飲むべかりけり

『路上』

しらたまの　はにしみとおる　あきのよの　さけはしずかに　のむべかりけり

〔歌の意味〕歯にしみとおるようにおいしい秋の夜の酒はしずかに飲むのがいちばんである。

〔歌の鑑賞〕明治四十三年秋に長野県を旅した時の作。「白玉の」という自分の歯に対する形容は、もう酔っている気分である。長野県を訪れる前に牧水は東京で荒れた酒を飲んでいたが、旅先でようやく心静かに酒を味わえたのである。牧水は一人しずかに飲む酒を最も愛した。なお、歌集には結句は「飲むべかりけれ」とあり、後に「飲むべかりけり」と改められた。

秋風のそら晴れぬれば千曲川《ちくまがは》
白き河原に出てあそぶかな

『路上』

あきかぜの　そらはれぬれば　ちくまがわ　しろきかわらに　でてあそぶかな

〔歌の意味〕よい秋風も吹き空が晴れたので、千曲川の白い河原に出て、ひととき楽しく過ごしている。

〔歌の鑑賞〕千曲川は長野県北東部を流れる川である。島崎藤村の書いた『千曲川のスケッチ』は有名である。牧水は明治四十三年九月二日に東京を出て、約二カ月半長野県に滞在した。その時の歌である。歌集『別離』を出版して注目歌人となったところだったが、恋愛問題に大いに疲れた心を癒しに来たのだった。

かへり来て家の背戸口わが袖の
落葉松《からまつ》の葉をはらふゆふぐれ

かえりきて　いえのせどぐち　わがそでの　からまつのはを　はらうゆうぐれ

『路上』

〔歌の意味〕外出から帰って来て、家の裏口で袖についている落葉松の葉を手ではらっている、そんな夕ぐれ。

〔歌の鑑賞〕明治四十三年秋の長野の旅での作。この家は身を寄せていた知人宅である。「落葉松の葉は盛んに散つてゐる、アカシアも黄色く散り初めた」「黄色くなつた積草の上に寝ころんでゐると、野鼠が出て来て、妙な顔をして僕を見る」とこのころの手紙の一節にある（明治43年10月15日付、佐藤緑葉宛て）。寂しさがにじんでいる。

多摩川の砂にたんぽぽ咲くころは
われにもおもふ人のあれかし

『路上』

たまがわの　すなにたんぽぽ　さくころは　われにもおもう　ひとのあれかし

〔歌の意味〕多摩川の川原の砂にたんぽぽの花の咲く春のころには、自分にも心におもう人があってほしい。

〔歌の鑑賞〕多摩川は東京都と神奈川県の境で、東京湾に注いでいる川である。明治四十四年初めの作で、或る時に多摩川に遊びに行って歌った。川に石を投げるなどして遊んでいたが、思いは恋人を失ったことに帰っていくのだろう。春のころにはたんぽぽのように優しい人がいてくれたらという思い。歌の調べも優しく魅力的である。

枯草にわが寝て居ればあそばむと来て顔のぞき眼をのぞく犬

『路上』

かれくさに　わがねておれば　あそばんと　きてかおのぞき　めをのぞくいぬ

〔歌の意味〕枯草に寝ころんでいたら、遊ぼうと来て、私の顔をのぞきこみ、眼をのぞきこむ犬よ。

〔歌の鑑賞〕明治四十四年初めの作。このころ、牧水は犬を飼っていたらしい。愛犬と牧水の楽しい場面がよく伝わる。愛犬の歌を他にも歌っている。「悲しめるあるじ離れて目もとほく野末を走る愛犬のあり」「指に触るるその毛はすべて言葉なりさびしき犬よかなしき夕べよ」。どちらも牧水らしい、心にしみる作である。

ふるさとの美美津《みみつ》の川のみなかみに
ひとりし母の病みたまふとぞ

ふるさとの　みみつのかわの　みなかみに　ひとりしははの　やみたもうとぞ

『路上』

〔歌の意味〕ふるさとの美々津の川のみなかみで、母は息子の私の帰りを待ちながら病の床に臥《ふ》しておられるのだろう。

〔歌の鑑賞〕明治四十四年春の作。この年に入って坪谷の母が病気となり、ふるさとに帰るようにという電報をもらっていた。牧水は自分を待っている母のことを思うと帰りたかった。しかし、東京で雑誌「創作」の編集発行の仕事があり、帰るわけにいかない事情があった。そのつらく、切ない気持ちがこめられている歌である。なお、歌集には「さびしく母の病みたまふらむ」とあり、後に改められた。

眼《め》をあげよもの思ふなかれ秋ぞ立つ
いざみづからを新しくせよ

『死か芸術か』

めをあげよ　ものおもうなかれ　あきぞたつ　いざみずからを　あたらしくせよ

〔歌の意味〕眼をあげよ。ものを考えるな。季節は秋になった。さあ、自分自身を新しくせよ。

〔歌の鑑賞〕命令形を三つ含んでいる。と言うより、命令形だけで成り立っている歌である。しかし、一首の中に命令形を三つ並べて歌は単調になっていない。さすが牧水である。第三句の「秋ぞ立つ」がその点で効果的だ。恋愛問題も終わりを告げたが、新しい自分に脱皮しきれないでいた、明治四十四年秋の作である。

浪、浪、浪、沖に居る浪、岸の浪、やよ待てわれも山降りて行かむ

『死か芸術か』

なみ　なみ　なみ　おきにおるなみ　きしのなみ　やよまてわれも　やまおりてゆかん

〈歌の意味〉浪、浪、浪だ。沖にいる波もある。岸近くの浪もある。さあ、待ってろよ、私も山を降りて行こう。

〈歌の鑑賞〉明治四十四年の秋も深まったころ、牧水は神奈川県を旅した。雑誌「創作」が発行所と意見が合わず廃刊となり、といって新しい雑誌も出せず悩んでいたころである。読点をいくつも用いた歌のリズムが新しい。雑誌もそうであるが、短歌も常に新しいものを目指した牧水だった。

問ふなかれいまはみづからえもわかず
ひとすぢにただ山の恋しき

『死か芸術か』

とうなかれ　いまはみずから　えもわかず　ひとすじにただ　やまのこいしき

〔歌の意味〕私に問いかけてくれるな。自分で自分がどうにも分からない。今はただただ山が恋しいだけだ。

〔歌の鑑賞〕明治四十五年三月、長野県から山梨県にかけて旅した時の作である。自分で自分がよく分からないような心持ちの時は、周りからいろいろたずねられても答えることができない。このころの牧水がそうだった。誰も人のいない山の中に行って、自分自身について考え、自分自身を見つけ出したい。そんな切実感が伝わる。

山に入り雪のなかなる朴《ほほ》の樹に
落葉松《からまつ》になにとものを言ふべき

『死か芸術か』

やまにいり　ゆきのなかなる　ほおのきに　からまつになにと　ものをいうべき

〔歌の意味〕山に入って、雪の中に立っている朴の樹や落葉松の樹に、何と声をかけてやったらいいだろうか。

〔歌の鑑賞〕明治四十五年三月、長野県から山梨県にかけての旅の作。三月とはいえ、山国はまだ雪の季節なのである。真冬はもっと厳しい寒さの中で雪に埋もれていたに違いない樹々たちに何と声をかけてやったらよいか、そんな優しい牧水の心が伝わる。牧水は人間に対するのと同じように、動物にも植物にも話しかけた人である。

かんがへて飲みはじめたる一合の二合の酒の夏のゆふぐれ

『死か芸術か』

かんがえて　のみはじめたる　いちごうの　にごうのさけの　なつのゆうぐれ

〔歌の意味〕考えながら酒を飲みはじめ、一合が二合となっていく心地よい、静かな夏の夕ぐれであることよ。

〔歌の鑑賞〕いかにも心地よく酒を飲んでいる歌である。リズムも心地よい。徳利がいつのまにか一本から二本になっている。初句の「かんがへて」は飲もうか飲むまいか、或いは一本にするか二本にするかを考えてという意味であろうが、もっと広く人生のさまざまのことを「かんがへて」と解釈しても面白い。明治四十五年初夏の作。

ふるさとの尾鈴の山のかなしさよ
秋もかすみのたなびきて居り

『みなかみ』

ふるさとの　おすずのやまの　かなしさよ　あきもかすみの　たなびきており

〔歌の意味〕ふるさと坪谷の尾鈴山はかなしい。晴れて大気も澄んでいるはずの秋の今も、かすみが薄くかかってたなびいている。

〔歌の鑑賞〕二十七歳の明治四十五年の夏、父の危篤の知らせを受けて、牧水は東京から宮崎に帰ることにした。そして、翌年五月までの一年近くをふるさとの坪谷で生活した。その時の作品をまとめたのが歌集『みなかみ』であり、その巻頭の一首がこの歌である。父を心配して帰ってきた牧水だが、東京でするべき仕事があり、心は晴れなかった。そんな気持ちが悲しみの調べで歌われている。

母が飼ふ秋蚕《あきご》の匂ひたちまよふ
家の片すみに置きぬ机を

ははがかう　あきごのにおい　たちまよう　いえのかたすみに　おきぬつくえを

『みなかみ』

〔歌の意味〕母が飼っている秋蚕の匂いがたちこめている家の片すみに机を置いた。自分が勉強し、原稿を書くための机を。

〔歌の鑑賞〕「秋蚕」とは、秋に飼う蚕である。その蚕の匂いのたちこめた家。牧水が東京にいた間に忘れていた匂いであり、忘れていた暮らしがあった。帰郷したからと言って、文学をやめるわけにはいかない。しかし、家族や周囲の人々のまなざしは厳しい。「片すみに」というところに牧水の遠慮がちの気持ちが出ている。明治四十五年秋、すなわち大正元年の作。

いづくにか父の声きこゆこの古き大きなる家の秋のゆふべに

『みなかみ』

いずくにか　ちちのこえきこゆ　このふるき　おおきなるいえの　あきのゆうべに

〔歌の意味〕どこかに父の声がしているのが聞こえる。この古く大きななつかしい家の秋の夕べに。

〔歌の鑑賞〕牧水は父親を深く愛した。父は優れた医師だった。が、事業に幾度も手を出して失敗した。「私とは親子といふより寧ろ親しい友達といつた様な関係を保つてゐた。永い間の私の不幸に対しても露ばかり怒るでもなく恨むでもなく、終始他に対して私を弁護愛撫することにのみ力めてゐた」と『みなかみ』序文に記している。優しい「父の声」だったはずである。

納戸の隅に折から一挺の大鎌あり、汝《なんぢ》が意志をまぐるなといふが如くに

『みなかみ』

なんどのすみに　おりからいっちょうの　おおがまあり　なんじがいしをまぐるな　というがごとくに

〔歌の意味〕部屋の物置のすみに、ちょうど一ちょうの大きな鎌が置かれている。おまえの意志をまげるなと言うように。

〔歌の鑑賞〕歌集『みなかみ』は破調や自由律の前衛的な歌集として知られる。その『みなかみ』でも最も前衛的なのが「黒薔薇」の章で、この歌は章の冒頭歌である。七、九、六、十一、八の四十一音で、計十音の字余りである。特に第四句の十一音「汝が意志をまぐるな」に牧水はポイントを置いたはずである。

あたたかき冬の朝かなうす板のほそ長き舟に耳川くだる

『砂丘』

あたたかき　ふゆのあさかな　うすいたの　ほそながきふねに　みみかわくだる

〔歌の意味〕あたたかい冬の朝だなあ。うす板でほそ長く作った舟に乗って、なつかしい耳川をくだっている。

〔歌の鑑賞〕明治四十五年夏から翌年春まで父の病気のためにふるさとに帰っていた時の歌である。そのころの作品は『みなかみ』に収められているが、入れ落とした作品を『砂丘』に収めており、この歌もその一首である。「あたたかき冬の朝」はいかにも南国日向の冬の感じである。幼いころから何度も経験した耳川くだりをなつかしんでいる。

海よかげれ水平線の黝《くろ》みより
雲よ出で来て海わたれかし

『みなかみ』

うみよかげれ　すいへいせんの　くろみより　くもよいできて　うみわたれかし

〔歌の意味〕海よ、かげれ。水平線のくろいところから雲よ出てきて海をかげらせてわたれ。

〔歌の鑑賞〕大正二年三月、牧水は美々津の海岸や権現崎で遊んでいる。美々津には牧水にとって古くからの文学上の友人の小野葉桜がいた。この葉桜がいたことで帰郷中の牧水は大きく支えられた。第三句「黝」の字は青みがかった黒色を意味する文字である。晴れよと言わず、「かげれ」と言っているこの歌には、牧水の悲しみが出ている。すでに父を喪った後の作である。

われも木を伐る、ひろきふもとの雑木原
春日つめたや、われも木を伐る

『みなかみ』

われもきをきる　ひろきふもとの　ぞうきばら　はるびつめたや　われもきをきる

〔歌の意味〕木を伐る。山のふもとの雑木の生えている高原の春の光はつめたい。私も父がそうしたように木を伐る。

〔歌の鑑賞〕『みなかみ』の終章「酔樵歌」（酔った樵《きこり》の歌の意味）の冒頭の歌で、大正二年春の作である。自註がある。「私の郷里では陰暦の正月四日にどの家でも必ず木を伐る風習が行はれてゐる。いづれもみな薪にするための木であるが、鉈初《なたはじ》めとか何とか云つて一種の縁起《えんぎ》となつてゐる」（『和歌講話』）。この年は死んだ父に代わって牧水が木を伐ったのだった。

余念なきさまには見ゆれ頬かむり
母が芹つむきさらぎの野や

よねんなき　さまにはみゆれ　ほおかむり　ははがせりつむ　きさらぎののや

『砂丘』

〔歌の意味〕母は何も考えていず、ひたすらのように見える。頬かむりして芹をつんでいるきさらぎの野に。

〔歌の鑑賞〕大正二年春の作である。「不孝の児を持てる老人に暫しの安息もなし」の詞書《ことばがき》がついている。父は前年十一月に六十八歳で世を去った。牧水は文学を続けるために上京したいと考えていたが、老いた母を一人残していくことになるのを悩んでいた。休みなく働いている母の姿を見るたびに牧水は強く悩まざるを得なかった。

時をおき老樹《おいき》の雫おつるごと
静けき酒は朝にこそあれ

『砂丘』

ときをおき　おいきのしずく　おつるごと　しずけきさけは　あさにこそあれ

〔歌の意味〕時おり老いた大きな樹の枝から雫が落ちるように静かな酒は、昼や夜でなく朝こそがふさわしい。

〔歌の鑑賞〕大正二年五月にふるさとの坪谷を出た牧水は、再び東京での生活を始めた。妻も子もいる新しい生活だった。この歌は大正四年七月に、栃木県の友人を訪れた時の作である。「朝は朝昼は昼とて相酌みつ離れがたくもなりにけるかな」とも歌っており、文字通り朝酒を酌んだことが分かる。「時をおき老樹の雫おつるごと」の比喩が見事である。

わが庭の竹の林の浅けれど降る雨見れば春は来にけり

『朝の歌』

わがにわの　たけのはやしの　あさけれど　ふるあめみれば　はるはきにけり

〔歌の意味〕私の家の庭の竹の林は深くなく竹もまばらだけど、そこに降っている雨を見ると、春が来たのだなあと思う。

〔歌の鑑賞〕大正五年春の作である。牧水は大正四年三月から東京を離れて、神奈川県の北下浦村《きたしたうらむら》に住んだ。妻の喜志子の病気が全快せず、友人の佐藤緑葉が住んでいたことのある北下浦村の家で妻のための静かな暮らしを始めたのである。その静かな暮らしの静かな心がしみじみと伝わる作である。声に出してみると、調べの豊かさがよく分かる。

やと握るその手このいづれみな
大きからぬなき青森人よ

『朝の歌』

やとにぎる　そのてこのての　いずれみな　おおきからぬなき　あおもりびとよ

〔歌の意味〕やあと言って握ってくるその手もこの手も、どれもみな大きくないのがない青森人《あおもりびと》よ。

〔歌の鑑賞〕牧水は大正五年三月中旬から約一カ月半の東北旅行に出かけた。南国生まれの牧水にとって東北の地は新鮮な感動を与えた。「いつか見むいつか来むとてこがれ来しその青森は雪に埋れ居つ」とも歌っているが、右の「やと握る」の歌はその青森の駅で出迎えの人と会った場面である。牧水は子どものように喜んだに違いない。

ひっそりと馬乗り入るる津軽野の五所川原町《ごしょがはらまち》は雪小止《ゆきをや》みせり

ひっそりと　うまのりいるる　つがるのの　ごしょがわらまちは　ゆきおやみせり

『朝の歌』

〔歌の意味〕ひっそりと馬を乗り入れた津軽平野の五所川原の町は雪がしばらく止んだところだった。

〔歌の鑑賞〕大正五年三月下旬、青森から吹雪の中を古い列車に乗り、途中からは馬に乗って雪の中を進んだ。五所川原で加藤東籬《かとうとうり》に会うためである。牧水の雑誌「創作」の第一期以来の有力同人である。「もの云はぬ加藤東籬《かとうとうり》を見ばやとてはるばる急ぐ雪路《ゆきぢ》なるかも」と歌っているが、雪の中の津軽平野をずっと進んできて五所川原で雪が小止みになってホッとした気持ちが出ている。

つばくらめちちと飛《と》び交《か》ひ阿武隈《あぶくま》の岸の桃の花いま盛りなり

『朝の歌』

つばくらめ　ちちととびかい　あぶくまの　きしのもものはな　いまさかりなり

〔歌の意味〕つばめがちちと鳴きながら飛びかい、阿武隈川の岸辺は桃の花がいま盛りである。

〔歌の鑑賞〕大正五年三月末に始まった牧水の東北地方の旅行は、宮城、岩手、青森、秋田を経て、最後は福島を訪れた。それは四月の終わりで、東北の遅い春の美しさに感動していることは、この歌の明るく溌剌《はつらつ》とした調べにもよく出ている。青森などで深く重たい雪に出会った体験があるから、より阿武隈の春は印象的だった。

夏草の茂みが上に伸びいでて
ゆたかになびく山百合の花

『白梅集』

なつくさの　しげみがうえに　のびいでて　ゆたかになびく　やまゆりのはな

〔歌の意味〕夏草のさかんに茂っている上に高く伸び、風になびいている山百合の花よ。

〔歌の鑑賞〕大正五年夏の作である。山百合は、漏斗形《ろうとけい》に広がった大形の花が咲くユリ科の植物。緑の濃い夏草の茂りの上に高くあらわれている白い大形の山百合の花はすがすがしい。なお、初出は「夏草の茂りの上にあらはれて風になびける山百合の花」。後に改作したが、どちらを良しとするかは読者によって意見が分かれるだろうか。

いづくより漏るるものかも部屋のうち
風ありて春の真昼なりけり

『白梅集』

いずくより　もるるものかも　へやのうち　かぜありて　はるのまひるなりけり

〔歌の意味〕どこから漏れるのだろうか。部屋の中をどこかから風が入ってどこかから出て行く、そんなことを思っている春の真昼だ。

〔歌の鑑賞〕大正六年春の作である。前年夏からこの年の春までの作品を収めた『白梅集』の時期は「ともすれば絶望的な、自暴自棄的な、とり乱した心のひびきが随所に見えて居る」と自序に書いている。この歌も心が元気な時は考えないことを考えているような、その意味では面白い歌と言える。

あたりみな鏡のごとき明るさに
青葉はいまし揺れそめにけり

あたりみな　かがみのごとき　あかるさに　あおばはいまし　ゆれそめにけり

『さびしき樹木』

〔歌の意味〕あたりはみな鏡のような明るさである。そんな明るさの中で木々の青葉がいま揺れ始めた。

〔歌の鑑賞〕大正六年の夏の作である。前年の末に神奈川県から東京に帰ってきた牧水は、五月から巣鴨に住んだ。そのころの巣鴨はまだ東京の郊外で、林もあり自然も豊かだった。初夏の若葉が生い茂って、青々と生気をみなぎらしているのが青葉である。若葉より深く重い輝きの青葉の揺れに鋭く着目して歌っている。

ひんがしの白みそむれば物かげに照りてわびしきみじか夜の月

『さびしき樹木』

ひんがしの　しらみそむれば　ものかげに　てりてわびしき　みじかよのつき

〔歌の意味〕夜が明けて東の空が白んできたので、物かげに照りながらわびしい短夜の月であることよ。

〔歌の鑑賞〕大正六年の夏の作である。『さびしき樹木』の自序に牧水は「私は身心とも妙に季節の変移から受くる影響が強い。中で夏は好みに於て最も親しい季節で、そして最も身体の弱つてゐる時である」と記している。朝早く目がさめたけれども、身体には疲れが残っている、そんな時に眺めた月であろう。

中高にうねり流るる出水河《でみづがは》
最上《もがみ》の空は秋ぐもりせり

なかだかに　うねりながるる　でみずがわ　もがみのそらは　あきぐもりせり

『さびしき樹木』

〈歌の意味〉雨のために水量が増し、中央が周りより高くなってうねりながら流れる最上川の上の秋空は、どんよりと雲っている。

〈歌の鑑賞〉大正六年八月初めに歌の会のため秋田にむかって旅立った。帰りは最上川沿いに下って酒田に行き、酒田から船に乗った。この歌は濁り流れる最上川を歌っている。牧水は平明な言葉を好んだ人だが、必要に応じて適切な言葉を使った。初句の「中高《なかだか》」、三句の「出水河」、結句の「秋ぐもり」、いずれも一首の中に収まって見事である。

朝の山日を負ひたれば渓音《たにおと》の
冴《さ》えこもりつつ霧たちわたる

『渓谷集』

あさのやま　ひをおいたれば　たにおとの　さえこもりつつ　きりたちわたる

〔歌の意味〕山が朝の日を負って隠しているので、渓は水の清い音のこもり響く中に霧が一面に立っている。

〔歌の鑑賞〕大正六年十一月半ばに埼玉県西部の秩父に遊んだ。その時の連作「秩父の秋」の冒頭歌である。上二句「朝の山日を負ひたれば」はスケールの大きな表現である。三句以下は朝日のまだ射さぬ渓の様子を聴覚と視覚の両方で捉えている。なお、歌集には三句は「渓の音」と収録されており、後に改作されている。改作後の方が断然いいと思う。

石越《いしこ》ゆる水のまろみを眺めつつ
こころかなしも秋の渓間に

『渓谷集』

いしこゆる　みずのまろみを　ながめつつ　こころかなしも　あきのたにまに

〔歌の意味〕石をつぎつぎ越えてゆく時の水のまろみを飽きず眺めていると、こころがかなしい。秋の渓間に。

〔歌の鑑賞〕大正六年十一月の秩父への旅を歌った「秩父の秋」中の作である。「石越ゆる水のまろみ」を見ている人は多いのだが、このように表現し得た人はかつてなかったと思う。小さな水の動きを歌って、大きく豊かな自然を読者に感じさせる。「かなし」は「愛《かな》し」でも「悲し」でもあり、自然の中に生きるいのちの感動を歌った言葉である。

飲む湯にも焚火《たきび》のけむり匂ひたる
山家《やまが》の冬の夕餉《ゆふげ》なりけり

『渓谷集』

のむゆにも　たきびのけむり　においたる　やまがのふゆの　ゆうげなりけり

〔歌の意味〕口にして飲む湯にも焚火のけむりがしみこんで匂う、山の中の家の冬の夕食だったなあ。

〔歌の鑑賞〕大正六年十一月の秩父への旅を歌った「秩父の秋」中の作である。焚火のけむりが匂う白湯《さゆ》。いろりでわかされた湯だったろうか。牧水の旅はあらかじめ宿を決めていないことも多かった。この時に泊めてもらった「山家《やまが》」は貧しくて茶を日常飲まない家だったか。しかし、牧水は焚火のけむりの匂う湯を感謝しながらいただいている。しみじみとして優しい調べはそう思わせる。

月いまだかがやかざれどわだつみに
うつらふ見れば黄金《こがね》ながせり

『渓谷集』

つきいまだ　かがやかざれど　わだつみに　うつろうみれば　こがねながせり

〔歌の意味〕月はまだ十分に空にかがやかないけれども、海に映っているのを見ると、はや黄金をながしている。

〔歌の鑑賞〕大正六年十一月から千葉県の大原海岸に遊んだ。わずか二泊の旅だったが、図らずも海を上ってくる満月に会うことができた。「ありがたやけふ満《み》つる月と知らざりしこの大き月海《つきうみ》にのぼれり」「断崖《きりぎし》の草かきわけて登《のぼ》りたれ思ひきやこの月を見むとは」の作に続けてこの歌がある。海上の月光の輝きを捉えた「黄金《こがね》ながせり」の表現がすばらしい。

よりあひて真《ま》すぐに立てる青竹《あをたけ》の
藪《やぶ》のふかみに鶯《うぐひす》の啼《な》く

『渓谷集』

よりあいて　ますぐにたてる　あおたけの　やぶのふかみに　うぐいすのなく

〔歌の意味〕寄りあってまっすぐに立っている青い竹の藪の深いところで、鶯が鳴いている。

〔歌の鑑賞〕大正七年二月、牧水は静岡県の伊豆西海岸の土肥《とい》温泉に出かけた。出版社から出す約束になっていた本の執筆や歌集原稿の整理が主な目的であった。まっすぐに立っている青い竹の林、その奥ではや鳴いている鶯の声。まだ春ともいえぬ季節に、花のない竹林で鳴いている鶯に牧水は心動かされたのである。

ひそまりて久《ひさ》しく見ればとほ山の
ひなたの冬木風さわぐらし

『渓谷集』

ひそまりて　ひさしくみれば　とおやまの　ひなたのふゆき　かぜさわぐらし

〔歌の意味〕ひっそりと座って長く眺めていたら、遠くの山の日なたの冬木は風が騒いでいるらしい。

〔歌の鑑賞〕大正七年二月に、静岡県の土肥《とい》温泉に出かけた時の作である。枯れ草の上にでも座って牧水は遠くを眺めていたのである。幼いころから牧水は遠くを眺めるのが好きだった。大人になってからもそうだった。この場合は冬木の枝が風に揺れているのに牧水は心動かされたのである。遠山の冬木を眺めながら、牧水は自身が冬木になっているようだ。

聞きゐつつ楽しくもあるか松風のいまはゆめともうつつとも聞ゆ

『くろ土』

ききいつつ　たのしくもあるか　まつかぜの　いまはゆめとも　うつつともきこゆ

〔歌の意味〕聞きながら楽しいような、楽しくないような。耳にする松風の音は夢の中の音とも聞こえるし、現実の音とも聞こえる。

〔歌の鑑賞〕大正七年五月に、東京の駒場の歌会に招かれた時に歌った作である。過去のいろいろを思い起こしているのだろう。「水の音《ね》に似て啼く鳥よ山ざくら松にまじれる深山の昼を」（『海の声』）「旅人は松の根がたに落葉めき身をよこたへぬ秋風の吹く」（『路上』）などの作を思い出す。この時の牧水は三十三歳、すでに未来より過去の重い年齢だった。

日の岬うしほ岬は過ぎぬれど
なほはるけしや志摩の波切《なきり》は

『くろ土』

ひのみさき　うしおみさきは　すぎぬれど　なおはるけしや　しまのなきりは

〔歌の意味〕日の岬を過ぎ、潮岬は過ぎたけれども、なおはるかだろうか。志摩半島の波切は。

〔歌の鑑賞〕大正七年五月中旬から一カ月近くの関西の旅に出ている。京都、大阪、奈良、和歌山を経て、船で熊野勝浦に行き、さらに鳥羽、伊勢、名古屋にむかっている。この歌はその船上の歌。「日の岬」「うしほ岬」「志摩の波切」と地名をあげただけの歌とも言えるが、その美しい地名を生かした万葉調の調べが大らかで力強い。

ひんがしの朝焼雲はわが庭の
黍《きび》の葉ずゑの露にうつれり

『くろ土』

ひんがしの　あさやけぐもは　わがにわの　きびのはずえの　つゆにうつれり

〔歌の意味〕東の空の朝焼けの雲の輝きが、わが家の庭の黍の葉のさきの小さな露にうつっている。

〔歌の鑑賞〕大正七年夏、東京の巣鴨の自宅での作。短い夏の夜が明けて、庭に出た場面を歌っている。東の空の雄大な朝焼けの雲の輝きが、黍の葉っぱのさきの本当に小さい露にうつっているという牧水の発見と感動は、そのまま読者の私たちのものでもある。牧水は雄大のものも微小のものも等しく愛した。

うらさむくこころなり来て見てぞ居る
庭にくまなき秋の月夜を

『くろ土』

うらさむく　こころなりきて　みてぞおる　にわにくまなき　あきのつきよを

〔歌の意味〕しみじみと心がさむくなってきてじっと眺めている。庭をくまなく照らし出している秋の月の夜を。

〔歌の鑑賞〕大正七年秋、東京の巣鴨の自宅での作である。初句の「うら」の語は形容詞の上などに付いて「心の中で」「心の底からしみじみと」の意味を添える。冷たくなった秋の夜に心も寒さを感じて、月光に明るく照らし出されている庭の木や草を眺めながら、牧水は思いにふけっている。なお、歌集には「見てを居る」とあり、後に改められた。

しみじみとけふ降る雨はきさらぎの春のはじめの雨にあらずや

『くろ土』

しみじみと　きょうふるあめは　きさらぎの　はるのはじめの　あめにあらずや

〔歌の意味〕しみじみと今日降っている雨は、まだ二月とはいえ、春のはじめの雨ではないだろうか。

〔歌の鑑賞〕大正八年の二月、東京の巣鴨の自宅での作である。声に出して読んでみるとよく分かるが、じつに調べのよい歌である。牧水調と言われる牧水後期の歌風はこのころに成立した。牧水は季節を先から先に感じる人であり、そのことに喜びを感じる人であったが、そのことをよく示している一首である。

わがこころ澄みゆく時に詠む歌か
詠みゆくほどに澄める心か

『くろ土』

わがこころ　すみゆくときに　よむうたか　よみゆくほどに　すめるこころか

〔歌の意味〕自分の心が澄んでいく時に詠むのが歌だろうか。それとも詠んでいくうちに澄むのが心だろうか。

〔歌の鑑賞〕大正八年の春の作。自分の気持ちを述懐している歌だが、いかにも牧水らしい。心が澄んでいく時に歌が生まれるのか、歌を詠んでいくうちに心が澄むのか。おそらく両方だったはずである。大切なことは牧水にあっては、心が澄むことと歌を詠むこととが切り離しがたく考えられていたことである。牧水の大きな特色と言えよう。

みじか夜のいつしか更けて此処ひとつ
あけたる窓に風の寄るなり

『くろ土』

みじかよの　いつしかふけて　ここひとつ　あけたるまどに　かぜのよるなり

〔歌の意味〕夏の短い夜もいつしか更けてきた。一カ所だけ開けている窓に風が近寄って入ってくる。

〔歌の鑑賞〕大正八年の夏の作である。「みじか夜」は夏の短い夜である。「いつしか更けて」と言っているので、原稿を書くなどの仕事に精を出していたのだろう。仕事が一段落したところで、ひとつだけ開いている窓から入ってくる風に気づいたのである。「寄る」の語が印象的だ。ふつうなら「入る」となるところだろう。風への親しさがより伝わる表現である。

大君の御猟《みかり》の場《には》と鎮《しづ》まれる
天城越えゆけば雪は降りつつ

『くろ土』

おおぎみの　みかりのにわと　しずまれる　あまぎこえゆけば　ゆきはふりつつ

〔歌の意味〕天皇が御猟をされる、静まりかえった天城の林を越えようとしたところで、雪がどんどん降って……。

〔歌の鑑賞〕大正九年二月の天城越えの作である。二月九日、牧水は静岡県の伊豆地方の旅行に出かけた。十三日には湯ヶ野温泉を出て天城を越えるところで雪になった。道を急ぎながらも、南国人の牧水は積もる雪を眺めたり口に入れたり楽しんだ。峠には二十センチ余りも積もったらしい。結句の終止形で終わらない言いさしのかたちも楽しい気分のあらわれか。

秩父町出《ちちぶまちで》はづれ来れば機織《はたおり》の
唄ごゑつづく古りし家並《やなみ》に

『くろ土』

ちちぶまちで　はずれくれば　はたおりの　うたごえつづく　ふりしやなみに

〔歌の意味〕秩父町を通り抜けて町並みのはずれに来たら、機織の唄をうたう声が続いている。古びた家並みに。

〔歌の鑑賞〕大正九年四月、秩父の春を見るために出かけた時の作である。桜の花を眺め、渓谷の音に耳を傾け楽しんだ。「出はづれる」の語は「町や村の中などを通り抜けて外に出る」という意味の動詞。牧水の歌は場面が明瞭に見えるが、この歌もそうである。古い家並みから聞こえてくる機織の唄にしみじみと聞き入りながら牧水は道を歩いた。

静かなる道をあゆむとうしろ手をくみつつおもふ父が癖なりき

『くろ土』

しずかなる　みちをあゆむと　うしろでを　くみつつおもう　ちちがくせなりき

〔歌の意味〕静かな道を歩こうとしてうしろ手を組みながら思う。これは父の癖だった、と。

〔歌の鑑賞〕大正九年五月、群馬県の吾妻渓谷《あがつま》を訪れた時の作である。歌集の原稿を作るのが目的で、川原湯温泉に出かけた。仕事の合間の散歩の折に、何げなくうしろ手を組みながら、それが父の癖であることにふと気づいたのである。父は大正元年に六十七歳で世を去ったが、死後も折にふれては思い出す愛する父だった。結句に作者の感動がある。

香貫山《かぬきやま》いただきに来て吾子《あこ》とあそび
久しく居れば富士晴れにけり
『くろ土』

かぬきやま　いただきにきて　あことあそび　ひさしくおれば　ふじはれにけり

〔歌の意味〕香貫山の頂上に来てわが子と長く遊んでいたら、富士山がよく晴れた。

〔歌の鑑賞〕牧水一家は大正九年八月半ばに、東京を引きはらって、静岡県の沼津に移り住んだ。東京の生活に疲れはてて、田園生活をしたいと考えたのである。東京の商人の別荘だった家を借りて住んだが、その家の近くにあった美しい山が香貫山である。子どもをかわいがった牧水は香貫山に子どもを連れて早速登っている。「富士晴れにけり」の表現からはもちろん牧水の心の晴れも感じられる。

幼くて見しふる里の春の野の忘られかねて野火は見るなり

『山桜の歌』

おさなくて　みしふるさとの　はるののの　わすられかねて　のびはみるなり

〔歌の意味〕幼い時に見たふるさとの春の野が忘れられなくて、赤く燃えている野火をじっと見ている。

〔歌の鑑賞〕大正十年の早春の作である。前年夏から牧水は自然の豊かな沼津に移り住んでいる。野火は早春に野山の枯れ草を焼く火である。牧水は野火の炎や煙を眺めるのが好きだったが、それはふるさとの坪谷で幼い時に見た野火が忘れられないからだと歌っているのがこの歌である。坪谷での自然体験が牧水の感性の根本にあると言える。

野末なる三島の町の揚花火月夜の空に散りて消ゆなり

『山桜の歌』

のずえなる　みしまのまちの　あげはなび　つきよのそらに　ちりてきゆなり

〔歌の意味〕野の末に打ちあがる三島の町の花火が、月夜の空に散って消えていく。

〔歌の鑑賞〕大正十年の夏の作である。このころ牧水の住んでいた沼津の家は町からちょっと離れて三島町寄りにあった。歌われている揚花火《あげはなび》は、三島大社の夏祭りの花火である。その花火が牧水の家から見えるのだが、野の末の遠くにしか見えないのである。本当に遠くのはかない花火だったのだろう。

『山桜の歌』

園の花つぎつぎに秋に咲きうつる
このごろの日のしづけかりけり

そののはな　つぎつぎにあきに　さきうつる　このごろのひの　しずけかりけり

〔歌の意味〕家の庭園の花がつぎつぎに夏から秋に咲きうつっていく、このごろの日々の静かであることよ。

〔歌の鑑賞〕大正十年の夏の終わりごろの作である。沼津の家は古いけれど大きく、桜の木に囲まれた屋敷は六百坪以上の広さがあった。庭には花畑がいくつかあって、いろいろの草花が植えられていた。「咲きうつる」の語の生きている一首で、早くも咲き始めた秋の花を楽しんでいる牧水の心が感じられる。東京ではあり得ない生活だった。

たち向ふ穂高が嶽に夕日さし
湧きのぼる雲はいゆきかへらふ

『山桜の歌』

たちむかう　ほだかがたけに　ゆうひさし　わきのぼるくもは　いゆきかえろう

〔歌の意味〕自分が立って正面に向かっている穂高岳に夕日が射しており、湧きのぼってくる雲は行っては帰っている。

〔歌の鑑賞〕大正十年の秋に、長野県西部の上高地付近を訪れた時の作である。こんなに優れた眺めに出会ったことはないと牧水は感動して書いている。正面に見る穂高岳（上高地から見えるのは三〇九〇メートルの前穂高岳）。聳え立つ山も行きかう雲も夕日をあかく浴びている。雄大な景色に感動した牧水の心は力強い調べにもよく出ている。

寄る年の年ごとにねがふわがねがひ
心おちゐて静かなれかし

『山桜の歌』

よるとしの　としごとにねがう　わがねがい　こころおちいて　しずかなれかし

〔歌の意味〕年を重ねてきて年々に願う私の願いは、心が落ち着いていて静かであってほしいということである。

〔歌の鑑賞〕大正十年の年の終わりの作。年賀状に書きつけた歌の中の一首である。同じ時に「あさはかのわれの若さの過ぎゆくとたのしみて待つこころ深みを」「わが生きて重ねむ年はわかねどもいま迎ふるをねもごろにせむ」などの歌も作っている。いずれも牧水の心の澄んだ願いが深く感じられる作である。

うすべにに葉はいちはやく萌えいでて
咲かむとすなり山桜花

『山桜の歌』

うすべにに　はいちはやく　もえいでて　さかんとすなり　やまざくらばな

〔歌の意味〕うす紅色に葉が早くも萌え出して咲こうとしている。私の愛する山桜の花が。

〔歌の鑑賞〕大正十一年の春の作である。三月末から四月初めにかけて静岡県伊豆半島の天城山の北麓の湯ヶ島温泉に遊んだ。その付近は山桜が多く、牧水は毎日出かけては山桜の歌を詠んだ。その歌は「山ざくら」二十三首となっており、その冒頭歌がこの一首である。周知のように、山桜は先に葉が出る。最も好きだった山桜が花咲かせるのを心から楽しみに待っている牧水の気持ちがよく伝わる。

瀬瀬走るやまめうぐひのうろくづの美しき頃の山ざくら花

『山桜の歌』

せぜはしる　やまめうぐいの　うろくずの　うつくしきころの　やまざくらばな

〔歌の意味〕多くの瀬を走るやまめ、うぐいの魚の色の美しい、春に咲く山ざくらの花よ。

〔歌の鑑賞〕大正十一年の春の湯ヶ島温泉で詠んだ「山ざくら」二十三首の中の作である。「やまめ」は山女とも書くように川魚の女王で、姿も美しく味もよい。「うぐひ」も川魚で、春以降の産卵期はいわゆる婚姻色があらわれ、特にオスが美しい。上三句までは「美しき」を引き出すための序詞とも考えることができる。音韻の上では「うぐひ」「うろくづ」「美しき」の「う」の頭韻がリズミカルで、春の明るい気分が出ている。なお、歌集には「美しき春の」と収録されており、後に改められた。

鉄瓶《てつびん》のふちに枕しねむたげに
徳利かたむくいざわれも寝む

てつびんの　ふちにまくらし　ねむたげに　とくりかたむく　いざわれもねん

『山桜の歌』

〔歌の意味〕鉄瓶のふちに枕して、あたかもねむたいかのように徳利がかたむいている。さあ私も飲むのをやめて寝よう。

〔歌の鑑賞〕大正十一年春に静岡県の湯ヶ島温泉に滞在した時の作である。「深夜独酌」の注を牧水が付けているので、夜中に独りで飲んでいる酒である。相当に飲んで徳利の最後の一本もカラになったのであろう。それにしても、徳利が「枕しねむたげに」がユーモアがあって面白い。牧水の温かく明るい人柄の感じられる作である。

相添ひて啼きのぼりたる雲雀ふたつ
啼きのぼりゆく空の深みへ

『山桜の歌』

あいそいて　なきのぼりたる　ひばりふたつ　なきのぼりゆく　そらのふかみへ

〔歌の意味〕相添って啼きながら空にのぼった雲雀二羽が、啼きのぼっていく。さらに空の深いところへ。

〔歌の鑑賞〕大正十一年六月、静岡県の富士山の南の麓の大野原を訪れた時の作。啼きのぼった雲雀がさらに空の奥深くへとのぼっていくのに牧水は心動かされている。雲雀が二羽だったことにもだろう。牧水の鳥への憧れは一生変わらなかった。「雲雀なく声空にみちて富士が嶺に消《け》残る雪のあはれなるかな」もこの時の作。

寄り来りうすれて消ゆる水無月《みなつき》の雲たえまなし富士の山辺に

『山桜の歌』

よりきたり　うすれてきゆる　みなつきの　くもたえまなし　ふじのやまべに

〔歌の意味〕寄って来ては、うすれて消える六月の雲がたえまない。富士の山のあたりに。

〔歌の鑑賞〕大正十一年六月、静岡県の富士山の南の麓の大野原を訪れた時の作である。牧水は富士山を眺めることを楽しみとした。自宅からは愛鷹山《あしたかやま》が前にあって富士山を眺めることができないので、裾野をよく歩いたのである。水無月すなわち六月なので雲は多かったろうが、雲もまるで富士山が好きで近づいていくみたいに思えるところが面白い。

学校にもの読める声のなつかしさ身にしみとほる山里すぎて

がっこうに　ものよめるこえの　なつかしさ　みにしみとおる　やまざとすぎて

『山桜の歌』

〔歌の意味〕学校で本を読んでいる子どもたちの声のなつかしさ。山里を過ぎて行きながら、身にしみとおるようだ。

〔歌の鑑賞〕大正十一年十月半ばから十一月初めにかけて、長野県、群馬県、栃木県を旅した時の作。いわゆる「みなかみ紀行」の旅である。その旅の途中の小雨村という山里の小学校を歌っている。牧水自身も山村の小学校の出身者である。子ども達の元気な声を聞きながら、牧水はみずからの幼少年時代をなつかしく思い出したに違いない。

ふと見れば翼つらねてはるかなる
沖辺へまへる海鳥の群

『黒松』

ふとみれば　つばさつらねて　はるかなる　おきべへまえる　うみどりのむれ

〔歌の意味〕ふと目をやったら、翼をつらねてはるかな沖の方へ舞っていく海鳥の群れ。

〔歌の鑑賞〕大正十二年八月、家族とともに静岡県西伊豆海岸の漁村に滞在した時の作である。身体を休め、家族とくつろぐことが主な目的だった。牧水は海で泳いだり、魚を釣ったりした。この歌はそんなある日の海鳥の群れを淡々と歌っているが、この「海鳥の群」も牧水には家族に思えたのかも知れない。牧水には二男二女の四人の子どもがあった。

若竹の伸びゆくごとく子ども等よ
真直ぐにのばせ身をたましひを

『黒松』

わかたけの　のびゆくごとく　こどもらよ　ますぐにのばせ　みをたましいを

〔歌の意味〕若竹が伸びゆくように、子ども達よ、まっすぐにのばせ。身を、そして魂を。

〔歌の鑑賞〕大正十二年の秋ごろの作。「やよ少年たちよ」九首の冒頭の歌である。牧水は子ども達を心から愛した。わが子はもちろん、すべての子ども達を愛した。子どもの純粋な心を大切に思っていたからである。「若竹の伸びゆくごとく」の比喩がすがすがしい。子どもに対する牧水の願いと祈りが平明に表現されている一首である。

山川のすがた静けきふるさとに
帰り来てわが労《つか》れたるかも

『黒松』

やまかわの　すがたしずけき　ふるさとに　かえりきてわが　つかれたるかも

〔歌の意味〕山も川もたたずまいの静かなふるさとの坪谷に帰ってきて、私は疲れが出てしまった。

〔歌の鑑賞〕大正十三年の三月、沼津から坪谷に帰ってきた時の作。父の病気のため帰省しその死後に上京したのが大正二年であるから、十一年ぶりの帰郷だった。前回の帰郷は周囲から白眼視されて苦しい思いをしたが、この時の帰郷は村で大歓迎を受けた。有名歌人として認められたからである。「労れ」は酒での歓迎ぜめが大きな原因だったのではあるまいか。

若竹に百舌鳥《もず》とまり居りめづらしき夏のすがたをけふ見つるかも

『黒松』

わかたけに　もずとまりおり　めずらしき　なつのすがたを　きょうみつるかも

〔歌の意味〕若竹に百舌鳥がとまっている。今ごろ百舌鳥がいるとは、めずらしい夏の姿を今日は見たものだなあ。

〔歌の鑑賞〕大正十三年の夏の作である。若竹は今年竹とも言い、春の筍が皮をはぎながら成長し、夏に入って竹らしい姿になったものを言う。その若竹に早くも秋の鳥である百舌鳥がとまっているのをめずらしいと思い詠んだ歌である。季節に敏感だった牧水らしい作である。この百舌鳥は雛鳥だったらしい。

故郷に墓をまもりて出でてこぬ
母をしぞおもふ夢みての後《のち》に

『黒松』

ふるさとに　はかをまもりて　いでてこぬ　ははをしぞおもう　ゆめみてののちに

〔歌の意味〕ふるさとの坪谷で墓を守ると言って、沼津の私のところに出てこない母のことを思う。母の夢を見た後に。

〔歌の鑑賞〕大正十四年の夏ごろの作である。牧水の母マキは、前年の十三年に一カ月ほど沼津に滞在したことがあるが、それ以外は故郷で一人で暮らしていた。牧水は沼津で一緒に暮らそうと何度も声をかけた。しかし、母は同意しなかった。年老いた母を心配することの多い牧水が母の夢を見たというのがこの一首で、息子としてのいたたまれぬ気持ちがしみじみと伝わる。

鴉島かげりて黒き磯の岩に
千鳥こそ居れ漕ぎ寄れば見ゆ

『黒松』

からすじま　かげりてくろき　いそのいわに　ちどりこそおれ　こぎよればみゆ

〔歌の意味〕鴉島《からすじま》のかげって黒い磯の岩の上に千鳥がいる。舟を漕いで近寄って行くと千鳥が見える。

〔歌の鑑賞〕大正十四年十一月、山口県熊毛郡伊保庄村を訪れ、村の正面にある小島である鴉島に遊んだ時の作である。木々が繁った無人の島である。鴉の名のついた島に千鳥がいたことが牧水に感興を与えたのだろう。「千鳥こそ」の強意の「こそ」にその思いが出ている。第四句で切れた後の結句「漕ぎ寄れば見ゆ」が一首に動きを与えている。

明方の月は冴えつつ霧島の山の谷間に霧たちわたる

『黒松』

あけがたの　つきはさえつつ　きりしまの　やまのたにまに　きりたちわたる

〔歌の意味〕明け方の月の冴えている中で、霧島の山の谷間に霧が一面に立って広がっている。

〔歌の鑑賞〕大正十四年の十一月から十二月にかけて、牧水は福岡、長崎、熊本、鹿児島の各地で揮毫会を催した。そして十二月の二日、三日は霧島の海抜九百メートルの温泉で過ごした。霧島は谷間や麓に霧が湧きやすいが、上空は晴れていることも多い。その場面を捉えて印象に残る歌になっている。この後で、牧水は霧島の雪を体験した。

山出でて尾長の鳥のあそぶらむ
松代町の春をおもふよ

『黒松』

やまいでて　おながのとりの　あそぶらん　まつしろまちの　はるをおもうよ

〔歌の意味〕　山を出てきて尾長鳥が今ごろ遊んでいるだろう、長野県松代町の春をしきりに思っている。

〔歌の鑑賞〕　大正十五年春の作。前年の春に長野県の松代町《まつしろまち》を訪れた。ちょうどそのころ杏《あんず》の花の盛りで、家ごとに植えられているその杏の木の花に多くの尾長鳥が寄って集んでいるのを見て強く印象に残っていた。そのことを思い出して歌っている。「らむ」は現在の事実について想像、推量する言葉で、「今ごろ……しているであろう」という意味である。

野の末にほのかに靄ぞたなびける石狩川の流れたるらむ

『黒松』

ののすえに　ほのかにもやぞ　たなびける　いしかりがわの　ながれたるらん

〔歌の意味〕野の末にかすかに靄がたなびいているのが見える。靄の奥に石狩川が流れているのだろう。

〔歌の鑑賞〕大正十五年十一月の作。この年の九月下旬から十一月下旬までの二カ月間、牧水は初めて北海道を旅した。南国生まれの牧水にとっては北海道はあこがれの場所であったが、収入を得ようとする揮毫旅行であり、むしろ難行苦行に満ちていた。十勝から狩勝峠《かりかちとうげ》を越えたところで歌われているのがこの歌で、北海道の雄大な景色がゆったりとした調べで歌われている。

上《かみ》つ瀬と下《しも》つ瀬に居りてをりをりに
呼び交しつつ父と釣りにき

かみつせと　しもつせにおりて　おりおりに　よびかわしつつ　ちちとつりにき

『黒松』

〔歌の意味〕川上にある瀬と下流の方にある瀬にそれぞれいて、ときどき呼びあいながら父と魚を釣ったものだった。

〔歌の鑑賞〕昭和二年の初めの作である。牧水は四十二歳。「鮎つりの思ひ出」と題する二十五首の中にある。坪谷川の清い流れには鮎がたくさんいた。少年の牧水は一人で釣ることもあったが、父と釣ることもあった。この歌は仲睦まじい父と子の姿が読者にありありと目に浮かぶ。「をりをりに呼び交しつつ」の平明な表現に深い意味あいが感じられる。

釣り暮し帰れば母に叱られき
叱れる母に渡しき鮎を

『黒松』

つりくらし　かえればははに　しかられき　しかれるははに　わたしきあゆを

〔歌の意味〕一日中ずっと釣りをしていて遅く家に帰ったら、母に叱られた。叱る母に鮎を渡した。その日釣った鮎を。

〔歌の鑑賞〕昭和二年の初めの作。「鮎つりの思ひ出」と題する二十五首中にある。一連は「釣り得たる鮎とりにがし笑ふ時し父がわらひは瀬に響きにき」など父の登場する歌が多いが、最後に母の登場するこの歌がある。素直な牧水幼年の歌である。そして、母は素直なこの子のために鮎を焼いてやったことだろう。

潮干潟ささらぐ波の遠ければ
鶴おほどかにまひ遊ぶなり

『黒松』

しおひがた　ささらぐなみの　とおければ　つるおおどかに　まいあそぶなり

〔歌の意味〕潮が引いて干潟となったところで、音たてて流れている波は遠いので、鶴はのびのびと舞っては遊んでいる。

〔歌の鑑賞〕昭和二年五月に朝鮮半島を訪れた時の作である。妻喜志子も伴っての揮毫旅行だった。珍島というところに馬に乗って行く途中で、思いがけず鶴に出会って牧水は大いに喜んだのだった。真鶴だったらしい。下の句の簡潔で美しい表現、「おほどかにまひ遊ぶなり」に牧水の感動が出ている。

天地《あめつち》のこころあらはにあらはれて
輝けるかも富士の高嶺は

あめつちの　こころあらわに　あらわれて　かがやけるかも　ふじのたかねは

『黒松』

〔歌の意味〕天地のこころが目に見えてはっきりとあらわれて輝いているのだ。富士の高嶺は。

〔歌の鑑賞〕昭和二年の初冬の作である。同じ連作の中に「夜には降り昼に晴れつつ富士が嶺の高嶺の深雪《みゆき》かがやけるかも」の歌がある。若い時から牧水は「天地」の語を使ってきた。それは単に自然ではなく、自然を成り立たせている宇宙の意志という意味あいを持っている。美しく力強く輝く富士に「天地のこころ」を感じるというのはいかにも牧水らしい。

熟麦《うれむぎ》のうれとほりたる色深し
葉さへ茎さへうち染まりつつ

『黒松』

うれむぎの　うれとおりたる　いろふかし　はさえくきさえ　うちそまりつつ

〔歌の意味〕熟麦のすっかり熟れてしまったその色の深いこと。穂はもちろん、葉や茎さえも深い色に染まっている。

〔歌の鑑賞〕牧水が世を去ったのは、昭和三年九月十七日である。その死の三カ月ほど前の作。健康はすぐれなかったが、作品はさわやかで、みずみずしい。熟れた麦の穂の色に感動し、さらに葉や茎も熟れて深い色に目を届かせているところがさすがである。命へのいとおしみが特に下の句から感じられる。

なつかしき城山の鐘鳴り出でぬ
幼かりし日ききし如くに

『補遺歌篇』

なつかしき　しろやまのかね　なりいでぬ　おさなかりしひ　ききしごとくに

〔歌の意味〕なつかしい城山の鐘が鳴り出した。幼かった日に聞いたように。

〔歌の鑑賞〕昭和二年七月の作である。正式の歌集には収められていないが、よく知られている。この年の七月十七日に延岡入りをした。延岡は高等小学校と旧制中学の八年間を過ごしたところである。昔と変わらず鳴る鐘の音が牧水にはなつかしかったはずである。素直な歌い方がしみじみとした味わいを作り出している。この後、延岡から坪谷に行き、父の墓参を済ませた。

若山牧水略年譜

明治十八年（一八八五）　〇歳
八月二十四日、宮崎県東臼杵郡坪谷村一番戸（現　宮崎県日向市東郷町坪谷三番地）に若山立蔵、マキの長男として生まれ、繁と命名された。

明治二十三年（一八九〇）　五歳
二月、医師の父立蔵が隣村西郷村（現　美郷町西郷区）に招かれ、一家と共に同村田代字小川に移る。

明治二十五年（一八九二）　七歳
四月、田代尋常小学校に入学したが、秋には一家と共に坪谷に帰り、坪谷尋常小学校に転校。

明治二十九年（一八九六）　十一歳
三月、坪谷尋常小学校卒業。五月、延岡高等小学校に入学。宮崎師範卒業で、優れた文章家であった日吉昇の受け持ちとなり、影響を受ける。

明治三十二年（一八九九）　十四歳
三月、第三学年修業。この春出来たばかりの県立延岡中学（現在の延岡高校）に成績優秀で入学、寄宿舎生活。詩歌を深く理解する山崎庚午太郎《かごたろう》校長の影響を受ける。

明治三十四年（一九〇一）　十六歳
二月に延岡中学校友会雑誌第一号が出て、牧水も短歌や小品文を発表。また東京発行の雑誌「中学文壇」に投稿。寄宿舎を出て下宿。

明治三十五年（一九〇二）　十七歳

二月、同級の大見達也、大内財三（後の平賀春郊）、直井敬三らと回覧雑誌「曙」を出す。また、九月には短歌研究のために野虹会を起こし、同級生以外の小野葉桜らも加わる。十一月、阿蘇登山の修学旅行。この年、宮崎の「日州独立新聞」や東京の文芸雑誌「新声」などに盛んに投稿。

明治三十六年（一九〇三）　十八歳

四月、第五学年に進む。五月、校友会雑誌部部長となる。新任の英語教師柳田友麿は牧水の詩才を認め、文学に専念することを勧めた。この秋頃から牧水の号を使い始める。

明治三十七年（一九〇四）　十九歳

卒業後の志望について悩むが、三月に入り早稲田大学英文科入学を決意。同月末、延岡中学を卒業。四月、一旦家に帰った後、上京。早稲田大学文学科高等予科に入学した。六月、教室で同じ九州出身の北原白秋と知りあう。

明治三十八年（一九〇五）　二十歳

六月末、高等予科の課程を修了して坪谷に帰省。八月末に上京。秋から英文科本科に進む。

明治三十九年（一九〇六）　二十一歳

英文科の同級生らと回覧雑誌「北斗」を発行。六月末に帰省。日向の海岸を日高秀子らと歩いたりした。故郷の家は父が財産を失くし、母は病床にあった。牧水自身もしばらく病床に臥せったが、九月中旬に上京。

明治四十年（一九〇七）　二十二歳

春頃、園田小枝子との交際が始まる。六月下旬、帰省の途につく。岡山、広島など中国地方を旅行し、七月中旬に坪谷の家に帰ったが、数日後には県南の青島、油津、都井に旅行。八月末に上京。

十月頃には、牧水は東京に永住し、文学者になることを本気で決心する。一方、小枝子との恋愛は熱烈に進行。十一月、日高秀子の死を悲しむ。十二月の終わりから小枝子と千葉県の根本海岸に滞在。

明治四十一年（一九〇八）　二十三歳

四月、小枝子と百草園に泊まる。七月五日、早稲田大学文学部英文学科を卒業。その直後に第一歌集『海の声』を出版。同月下旬から土岐善磨と軽井沢に遊び、それから一人碓氷峠を越えて帰京。九月上旬、大学卒業後初めて帰省、同月末に上京。この頃、文学雑誌の発行を計画。十二月末には小枝子を迎えるための家を用意。

明治四十二年（一九〇九）　二十四歳

一月下旬から千葉の布良の海岸に遊ぶ。結婚問題も雑誌創刊も行きづまる。六月、小枝子と前年に遊んだ百草園に一人行く。七月から年末まで新聞社に勤務。

明治四十三年（一九一〇）　二十五歳

一月、第二歌集『独り歌へる』を出版。三月、牧水編集の詩歌雑誌「創作」発刊。四月、第三歌集『別離』を出版して好評を博し、注目歌人となる。しかし、小枝子との問題が解決できず、苦悩の日日が続く。九月から十一月まで、山梨、長野などへの長い旅に出る。

明治四十四年（一九一一）　二十六歳

春頃、五年に及んだ小枝子との問題が彼女の離京によって終わりを見た。三月、故郷から母の重病を知らせて来たが、東京にとどまる。夏頃、初めて太田喜志子に会う。九月、第四歌集『路上』を出版。その後、相模への旅に出る。

明治四十五年―大正元年（一九一二）　二十七歳

三月、長野へ旅行し、太田喜志子に求婚。同月、『牧水歌話』を出版。四月十三日、友人石川啄木の死に立ち会う。五月五日、上京して来た喜志子と結婚。同月末、牧水は三浦半島に旅行。七月二十日、故郷の父危篤の電報を受け取り、二十五日に帰郷。九月、第五歌集『死か芸術か』を出版。故郷にとどまるか東京に出て行くかを激しく苦悶する。十一月十四日、父立蔵死亡。

大正二年（一九一三）　二十八歳

一月初めより二月初めにかけて、九州沿岸を旅行。二月下旬、母より上京の許可。三月中旬、美々津の海岸に小野葉桜と遊ぶ。四月二十四日、長野県の妻の実家で長男が生まれ、旅人と名づける。五月中旬、出郷。六月、東京で妻子との家庭生活が始まる。九月、第六歌集『みなかみ』を出版。

大正三年（一九一四）　二十九歳

四月、第七歌集『秋風の歌』を出版。

大正四年（一九一五）　三十歳

三月、病気の妻のため、神奈川県三浦郡に転居。十月、第八歌集『砂丘』を出版。十一月二十七日、長女みさき誕生。

大正五年（一九一六）　三十一歳

三月中旬、宮城、岩手、青森、秋田、福島の東北各県の一カ月半の旅に出る。六月、第九歌集『朝の歌』、散文集『旅とふる郷』を出版。十二月、三浦郡から東京に引き上げる。

大正六年（一九一七）　三十二歳

二月、『和歌講話』を出版。四月中旬、故郷の老母が上京し約一カ月滞在。八月、秋田、酒田、新潟、長野、松本に遊び、初めて妻の実家を訪ねる。同月、妻喜志子との合著の第十歌集『白梅集』を出版。

大正七年（一九一八）　三十三歳

四月二十二日、次女真木子誕生。五月、第十二歌集『渓谷集』を出版。同月、京都に遊び、比叡山上の山寺に籠り、更に大阪、奈良、和歌山を経て、熊野勝浦に行き、那智に遊び、鳥羽、伊勢などを経て、二カ月ぶりに帰京。七月、第十一歌集『さびしき樹木』、散文集『海より山より』を出版。

大正八年（一九一九）　三十四歳

三月、浅間温泉に遊ぶ。九月、紀行文『比叡と熊野』を出版。十一月、長野県星野温泉などに遊ぶ。

大正九年（一九二〇）　三十五歳

二月、天城を越え、湯ヶ島温泉に遊ぶ。五月、群馬、長野、岐阜、愛知の各県を旅する。八月、静岡県沼津の上香貫に転居。

大正十年（一九二一）　三十六歳

三月、第十三歌集『くろ土』を出版。同月、伊豆湯ヶ島温泉に遊ぶ。四月二十六日、次男富士人誕生。七月、紀行文集『静かなる旅をゆきつつ』を出版。九月から十月、長野県の白骨温泉に滞在、それから上高地に出て、さらに飛騨、高山、木曽に遊ぶ。

大正十一年（一九二二）　三十七歳

三月から四月、伊豆湯ヶ島温泉に滞在し、山桜の歌を多く作る。十二月、『短歌作法』を出版。

大正十二年（一九二三）　三十八歳

五月、第十四歌集『山桜の歌』を出版。八月、家族と共に西伊豆海岸の古宇に滞在。十月から十一月、御殿場から籠坂峠を越えて山梨県に入り、八ヶ嶽山麓の高原を経て長野県に入り、千曲川上流に遊び、さらに秩父方面に行く。

大正十三年（一九二四）　三十九歳

三月、長男旅人を伴い、九州各地を旅行して、坪谷に帰る。四月十二日、父の十三回忌法要を営み、十六日、母を伴って故郷を発ち、沼津に帰る。七月、紀行文集『みなかみ紀行』を出版。八月、上香貫から千本浜に転居。九月、沼津で第一回の短冊半折揮毫頒布の会を催す。

大正十四年（一九二五）　四十歳

二月、随筆集『樹木とその葉』を出版。各地で揮毫会を催す。十月、沼津市市道町の新居が落成し、転居。十二月、九州各地を旅行の後、都農町に長姉を訪ね、老母と二人の姉を伴って別府温泉に遊ぶ。

大正十五年—昭和元年（一九二六）　四十一歳

五月、「詩歌時代」を創刊。しかし、間もなく資金不足のため廃刊。八月、千本松原伐採反対の論陣を張る。

昭和二年（一九二七）　四十二歳

五月、妻喜志子同伴で朝鮮方面揮毫旅行に行く。七月、朝鮮からの帰りに九州を旅行し、坪谷に帰る。老母を見舞い、父の墓参をする。同月末に沼津に帰ったが、健康のすぐれぬ状態が続く。

昭和三年（一九二八）　四十三歳

九月初旬から病床に臥し、十三日には急性腸胃炎兼肝臓硬変症で医師から重態の宣言。十七日、沼津の自宅で永眠。法名は古松院仙誉牧水居士。

昭和十三年（一九三八）

九月、生前まとめられていた遺歌集『黒松』が出版された。

あとがき

本書は平成十三年に出版した『命の砕片―牧水かるた百首鑑賞』の改訂版である。短歌の表記を『若山牧水全歌集』（短歌新聞社）をもとに、「牧水かるた」の表記に合わせるなど若干の修正を加えた。

「牧水かるた」大会はますます盛んである。「牧水かるた」の百首の意味と鑑賞をできるだけ分かりやすく書き、牧水の歌により一層親しんでもらおうというのが本書をかつて出版したときの意図であったが、今回もそれは変わらない。

書名の「命《いのち》の砕片《さいへん》」は、牧水の第二歌集『独り歌へる』の「自序」のなかの「私の歌はその時々の私の命の砕片である」に由る。「牧水かるた」の一首一首が、人間と自然を愛してやまなかった牧水の命そのものであることをあらためて心に銘じたいと思う。

二〇一九年

伊藤一彦

牧水かるた百首鑑賞
命《いのち》の砕片《さいへん》　改訂新版

平成13年3月30日　初版発行
平成14年1月18日　二刷発行
平成15年10月22日　三刷発行
平成20年3月29日　四刷発行
平成31年3月28日　改訂発行
令和7年5月23日　二刷発行

著者　伊藤一彦

発行　日向市東郷町若山牧水顕彰会
〒883-0211
宮崎県日向市東郷町坪谷一二七一番地
若山牧水記念文学館内
電話　0982(68)9511

印刷製本　有限会社　鉱脈社
〒880-8551
宮崎県宮崎市田代町二六三番地
電話　0985(25)1758

販売　鉱脈社
〒880-8551
宮崎県宮崎市田代町二六三番地